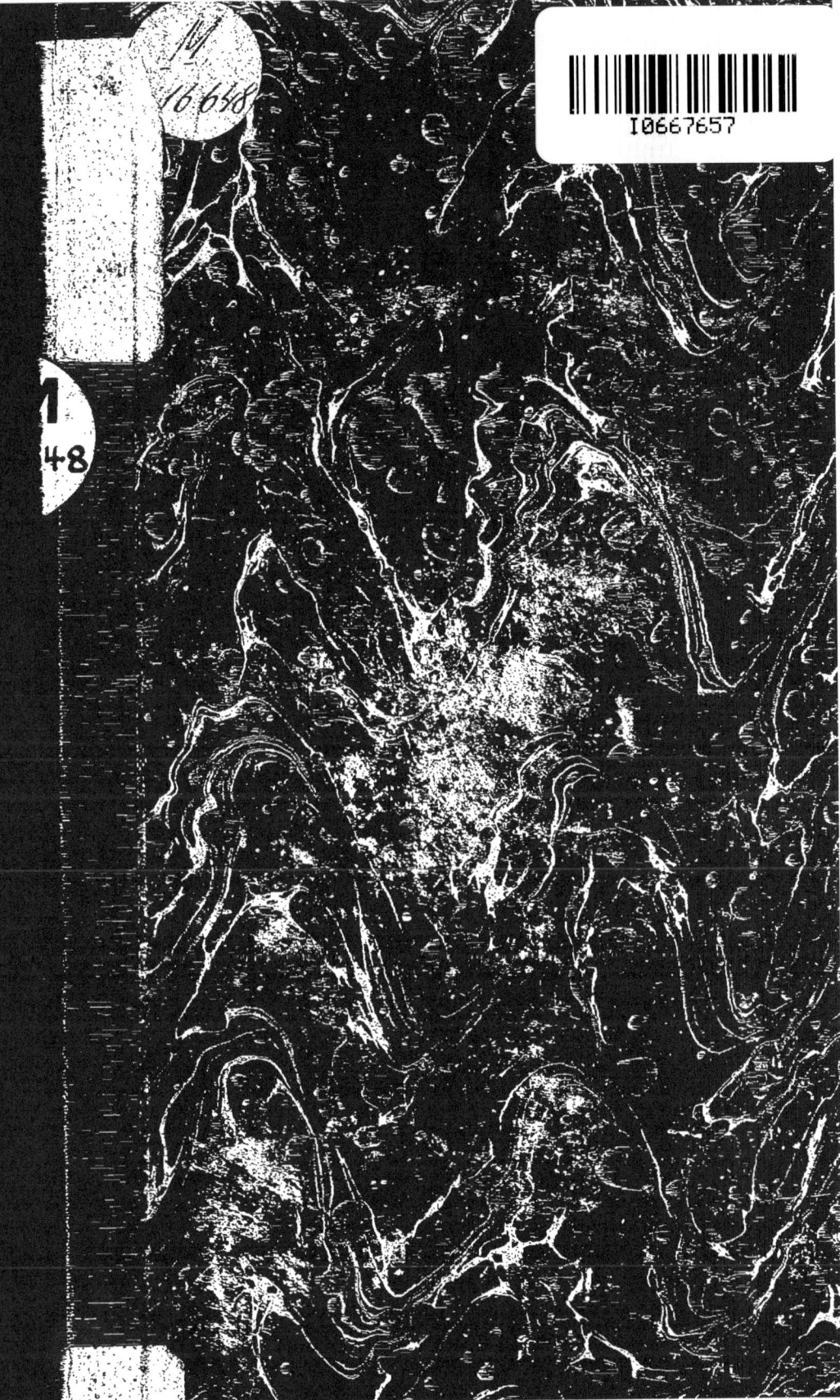

## Ed. BAUTY
*Rédacteur en chef de la ,, Tribune de Genève''*

# En Alsace
# reconquise

### Impressions du front
### 1915

*Dix documents photographiques*

*A. Eggimann, Editeur*
Genève
40, rue du Marché

*Berger-Levrault, Libraires-Editeurs*
Paris | Nancy
5-7, rue des Beaux-Arts | 18, rue des Glacis

# EN ALSACE RECONQUISE

# ED. BAUTY

RÉDACTEUR EN CHEF DE LA ,, TRIBUNE DE GENÈVE "

# EN ALSACE
# RECONQUISE

## IMPRESSIONS DU FRONT
## 1915

DIX DOCUMENTS PHOTOGRAPHIQUES

BERGER-LEVRAULT, LIBRAIRES-ÉDITEURS

PARIS
5-7, RUE DES BEAUX-ARTS

NANCY
18, RUE DES GLACIS

*Ces notes ont été publiées par la* Tribune de Genève, *dans les mois d'août et septembre 1915, sous le titre :* Sur le Front d'Alsace.

*On y trouvera des impressions rendues avant tout avec le souci de la sincérité, une sincérité scrupuleuse devant être la première des préoccupations de quiconque écrit. Elles peuvent avoir, à ce titre, une certaine valeur documentaire.*

*Elles montrent, notamment, que la guerre n'est pas toujours ce qu'on croit. Ainsi, toute la première partie de ce récit d'un voyage au front est remplie de tableaux de paix et il faut arriver à la seconde, qui conduit sur la ligne la plus avancée de combat, pour se voir mêlé à une existence mouvementée et dramatique.*

*Ce contraste est une des caractéristiques de la guerre actuelle.*

*Il convenait peut-être de s'efforcer de le fixer avec exactitude.*

Après les armées françaises, un groupe de journalistes vient de faire la conquête de nombreux
sommets et vallées d'Alsace. Je fus de ce groupe. A
proprement parler, nous n'avons pas été les seuls. Il
y a quelque temps, d'autres journalistes déjà avaient
eu le privilège de pouvoir pénétrer dans l'Alsace
reconquise, mais, sauf erreur, ils ne la parcoururent
pas aussi bien que nous le fîmes, ni si complètement.
De tout le vaste front où la France se dresse avec
tant de résolution et de ténacité stoïque contre son
adversaire, l'Alsace restait donc la terre encore mys-
térieuse et troublante dont on ne savait pas beaucoup
plus que ce que les communiqués officiels nous en
avaient appris. Nous avons été admis à pénétrer un
peu plus ce mystère et nous l'avons fait avec tout le
respect que nous imposait l'épopée de ce sol impré-
gné de tant de sang, revendiqué par tant d'ardents
espoirs.

Ce fut ainsi que nous vîmes les pentes alsacien-
nes du Hohneck battu en tempête par les vents,

Mittlach qui est rendu intéressant par le voisinage immédiat de Metzeral que les Français ont enlevé récemment de haute lutte aux Allemands, le Col du Ventron ou du Mont d'Oderen, Kruth, Saint-Amarin et Thann que les obus démolissent encore presque chaque jour, le sinistre Vieil Armand, le Col de Bussang si curieusement départagé jadis par son tunnel, sous lequel passe la grand'route, puis l'ancienne frontière qui longe le Ballon d'Alsace, enfin Dannemarie contre le viaduc de laquelle s'acharnèrent les 420, et Ballersdorff, la localité si coquettement alsacienne qui est tout près d'Altkirch.

Depuis les hauteurs, nous vîmes encore Colmar dont les vitres brillaient au soleil, Mulhouse et toute la vallée d'Alsace d'où semblait monter la longue clameur des armées hostiles à celles de la République, la Forêt Noire, le Jura et, tout au fond, le scintillement des grandes Alpes.

# I

## Avant d'entrer en Alsace

Mais avant de mettre le pied sur ce sol sacré pour tout Français, nous eûmes également l'occasion d'examiner et de scruter à loisir le terrain où, à six kilomètres de la frontière, s'est produit un récent fait d'armes qui a permis de pousser, de ce côté-là aussi, les lignes un peu plus près d'Alsace. Ce sol que labourèrent, creusèrent et bouleversèrent les éclatements de l'acier et la chimie de guerre, c'est celui du Ban-de-Sapt que l'histoire désormais ne pourra plus oublier.

Nos automobiles, de rapides voitures, nous avaient amenés à Remiremont en une course vive et sûre à travers les forêts épaisses et le fond des vallées aimables des Vosges, puis à Gérardmer, près du lac dont la grâce paraît empruntée aux plus pittoresques lacs de montagne de la Suisse, puis à St-Dié, où les obus font toujours des victimes. Nous nous étions laissés gagner par l'agrément du voyage. Tout était si paisible et semblait si éloigné de tout orage, la vie avait un air si normal, les villages paraissaient poursuivre à tel point leur existence habituelle, que nous pouvions nous demander si vraiment une guerre atroce et abominable bouleversait toujours l'Europe et si nous ne faisions pas, en touristes aisés, dans de très confortables voitures de maître, la plus pacifique des excursions dans le pays le plus tranquille, le moins mouvementé de la terre.

Mais, soudain, nous nous trouvâmes en présence des bâtiments de St-Dié atteints par l'artillerie allemande.

Nous mîmes pied à terre. Le restaurant où nous entrâmes avait ses glaces brisées par les éclats d'obus. Un peu plus loin, on se montrait des mitrailleuses et un lance-bombes qui, peu de jours auparavant, avaient été enlevés aux Allemands.

La guerre se rappelait à nous brusquement.

En même temps, le désir si naturel à l'homme de voir les choses de toujours plus près, même les plus dangereuses pour lui, nous reprenait, et bientôt, après une nouvelle course en automobile, nous nous engagions à travers bois vers une sommité qui devait nous permettre de dominer la contrée.

Les arbres de la forêt étaient de belle venue et les ceps y poussaient à même le chemin. Cependant, par-ci par-là, on y trouvait des branches de sapin qui avaient été abattues. Les officiers qui nous accompagnaient nous dirent que c'était par la mitraille.

— Ici, dit l'un d'eux, sur le ton le plus paisible, et simplement pour en faire la constatation, nous sommes en vue de l'ennemi.

De fait, à cet endroit, de gros arbres sont fortement touchés par les éclats d'obus.

Nous montons toujours. Nous voici sur un sentier si raide que les moins solides d'entre nous n'arrivent à le gravir qu'avec peine. Il conduit à un point de vue excellent, qui domine toute la vallée. Soudain un 75, caché quelque part dans la montagne, tonne. Là-bas, à la lisière de la forêt, de l'autre côté de la dépression, un flocon blanc vient moucheter les sapins. C'est un shrapnell qui nous indique où sont les lignes ennemies. D'autres suivent. Et c'est toujours, au loin, le même éclatement, le même flocon de fumée et la même pluie de balles que l'on devine et qui doit s'abattre sur les arbres, en faire sauter les branches, arracher leur écorce, comme si des mulets s'en étaient mêlés, trouer la peau et briser les os de ceux qui essaient de se terrer dans les invisibles tranchées.

Les Allemands ne répondent pas. Ils ont leur heure pour tirer et leurs habitudes. Le moment ne leur paraît point bon.

En face d'eux, sur le plateau, à la lisière d'une forêt et à quelques centaines de mètres, une petite fumée bleue monte vers le ciel :

— Ce sont nos soldats, me dit un capitaine, ils préparent leur repas.

On ne saurait montrer plus de tranquillité sur la ligne de feu.

Une nouvelle marche à travers les grands sapins nous a conduits sur un tout autre point et plus haut encore. Nous dominons, cette fois-ci, tout le Ban–de–Sapt. On nous présente à l'officier qui commande le secteur. Il nous explique toute la bataille qui s'est déroulée à trois kilomètres, à vol d'oiseau, de l'endroit où nous sommes et qui permit aux Français, par surprise, de s'emparer de nombreuses tranchées allemandes, de faire près d'un millier de prisonniers et de rester maîtres, finalement, de la moitié du village de Launois dont nous apercevons très bien les maisons détruites.

Près de là, une longue tranchée allemande monte
dans le terrain. A gauche de Launois, le sol est
profondément creusé par les marmites et les explosions. Au-dessus, la belle forêt qui faisait l'ornement
du pays est entièrement rasée par les obus. Il n'en
reste rien, rien qu'une grande tache roussâtre qui
parle, elle aussi, de désert et de dévastation.

— Nous avons très bien vu d'ici, nous dit l'officier,
les Allemands qui se précipitaient vers les nôtres.
Ils avaient franchi les réseaux de fils de fer barbelés
sans se soucier des déchirures qu'ils s'y faisaient.
Ils couraient, les mains levées, et ils étaient en si
grand nombre que, durant quelques instants, nous
nous demandâmes ce que cela signifiait et s'il ne
s'agissait pas de quelque ruse. Pendant ce temps,
l'artillerie ennemie continuait de tirer et fauchait dans
leur désordre. Le spectacle était inimaginable.

Tandis que l'officier cause, un canon se met à
tonner dans la forêt. Il paraît être tout près de nous.

— Ce sont les Allemands, nous dit-il. C'est
leur 77.

Peu après, le tir qui s'était arrêté recommence et
nous entendons les obus passer dans l'espace.

Nous avons poursuivi notre chemin. Voici des
tranchées abandonnées, quelques tombes allemandes
avec des croix, surmontées des pitoyables casques
de cuir bouilli, fatigués par les intempéries, de ceux
qui ont péri là.

Tout à côté, un groupe de tombes françaises,
avec une indication rappelant à quel régiment apparte-
naient ceux qui reposent sous la terre légère de la montagne. Le cœur se serre et une pitié vous remplit.

Nous passons. Sous les arbres, une odeur règne.

Cela ne dure qu'un instant. Mais on devine quelque cadavre perdu sous la feuillée. Le matin même, on a retrouvé encore, non loin de là, le squelette d'un Allemand qui s'était glissé entre deux blocs de rocher pour y périr.

Nous arrivons près d'une batterie d'artillerie de montagne, ingénieusement dissimulée.

Nous assistons au tir des pièces construites et entretenues comme quelque précieux mécanisme d'horlogerie. Les servants, de superbes gaillards pleins de vigueur et de santé, manœuvrent les canons :

— Pièce, feu !

Le coup part et l'obus s'en va ravager un point que l'on n'aperçoit pas.


## II

## Contrastes

Les descentes en forêt de montagne se ressemblent à peu près toutes. Par moments, en pleines Vosges, sur le sentier rapide où nous nous étions engagés pour regagner la route où nous avions laissé nos automobiles, nous aurions pu nous croire sur l'une des dernières pentes silencieuses des Alpes valaisannes, dans l'un de ces interminables bois qu'après une rude ascension, on doit parcourir encore pour atteindre son train. Mêmes arbres, mêmes arbrisseaux, mêmes odeurs... Pourtant non ! Voici que monte de nouveau à nos narines cette émanation suspecte qui nous avait inquiétés un peu plus haut :

— Ça sent le B..., dit un officier.

Ici, un mot générique que la censure de mon pays m'en voudrait, peut-être, d'écrire tout au long.

En tout cas, ça sent la guerre. Du coup, nous voici ramenés à la réalité. Et nos regards se remettent à fouiller les buissons.

Non, ce n'est pas la paix des Alpes valaisannes. Tout à l'heure, ces bois retentissaient encore du bruit des canons qui tiraient contre un ballon captif français que l'on avait vu s'élever à quelque distance de là. Le long sifflement des obus avait traversé le ciel bleu. Et dans toute la vaste plaine, dans tous les villages que nous apercevions par quelque éclaircie, les officiers qui nous accompagnaient nous signalaient la présence de troupes ennemies ou de troupes amies.

Partout on veillait, on s'épiait, on espérait se prendre en faute, saisir quelque bonne occasion de se massacrer. Les gueules des canons étaient prêtes à recommencer à cracher la mitraille. Mais, en attendant, elles se taisaient et le ballon captif, qui n'avait pas été touché, était revenu se poser sur le sol.

Nos automobiles nous emmènent maintenant à toute vitesse vers la ville d'où nous devions repartir chaque jour pour parcourir une bonne partie de l'Alsace reconquise.

Tandis qu'elles filent dans la campagne magnifique, le canon se met à tonner au loin, sans interruption, cette fois-ci. C'est le bruit d'un violent engagement au Lingekopf. A quelque distance, sur la crête d'un des monts qui dominent la large vallée où nous sommes, une longue colonne de fumée noire monte soudain, s'évase à son sommet, s'étend et ne se dissipe que très lentement.

Une cuisine pittoresque sur les hauteurs des Vosges.

— C'est l'explosion d'une grosse marmite, dit l'un de nos compagnons.

Les automobiles n'ont plus de repos. Elles sont parties en une course qui semble ne plus devoir s'arrêter. Il n'y a plus, pour elles, ni défenses, ni réglements. Nous traversons, à toute allure, des villages où des enfants jouent au milieu de beaucoup de soldats, où des jeunes filles, des femmes et quelques campagnards que la mobilisation n'a pas utilisés, vaquent, sans la moindre angoisse, à leurs affaires. Par-ci par-là, des parcs d'automobiles diverses, de caissons d'artillerie, de voitures militaires.

Sur la route, nous croisons des automobiles éléphantiaques, de pesants camions de ravitaillement, qui roulent, eux aussi, à toute allure. A ce moment, c'est la terre tout entière qui semble prise d'un délire de vitesse, qui paraît se livrer à quelque travail inéluctable, vertigineux et fiévreux. Les roues frisent les roues. La chaussée craque. Les cailloux sautent. La trombe passe. Et c'est, de nouveau, la longue route qui se déroule au milieu des champs fertiles, encadrée à gauche et à droite par des arbres au feuillage léger.

Une fois de plus, le contraste nous saisit. Toute cette paix, cette sérénité, cette vie facile et même aimable, l'idylle de ces douces vallées vosgiennes, leur sécurité à quelques kilomètres des lieux où se déroule lentement la plus terrible bataille du monde, où sévit la calamité de la guerre dans une horreur telle qu'elle n'avait pu être devinée par l'imagination la plus éprise de recherche de l'épouvante, ont quelque chose de si surprenant qu'on pourrait croire a quelque effet voulu par un metteur en scène maître de nos destinées et conscient de la beauté des oppositions.

Ne cherchez pas si loin. Ce n'est, en fait, que le spectacle le plus ordinaire de la vie, la réalisation la plus commune de sa loi. Cette loi veut qu'elle ne s'arrête jamais, que le sapin s'accroche et pousse sur le rocher où il y a une poignée de terre, que le bouton de fleur renaisse et que la fleur s'épanouisse immédiatement après la grêle, que le rire côtoie la douleur, que l'humanité réagisse contre tout ce qui pourrait l'affaiblir et que les hommes reforment leur foyer, dès que l'ouragan leur donne un instant de répit et d'apparente sûreté.

Il n'y a là ni insouciance déplaisante, ni héroïsme invraisemblable. L'homme obéit simplement à l'instinct qui le pousse à habiter tous les lieux de la terre, à s'y installer de son mieux, à les posséder et à n'en négliger aucun où l'on puisse exister tant soit peu.

## III

# Prisonniers de guerre

Nous avons eu l'occasion de voir un millier de prisonniers allemands que l'on avait capturés dans les Vosges.

Comme nous revenions de notre excursion dans le voisinage du champ de bataille du Ban-de-Sapt, nos automobiles s'arrêtèrent devant une grande caserne et l'on nous demanda si nous désirions être mis en présence de prisonniers.

Presque tout le monde, aujourd'hui, a vu des prisonniers allemands. En tout cas, il n'est guère de personnes ayant voyagé en France qui n'en aient rencontré. Mais il pouvait y avoir quelque intérêt à les étudier d'un peu près et en masse, et à constater comment ils étaient traités. Aussi avons-nous accepté l'offre qui nous était faite.

A peine la grille franchie, nous aperçûmes un grouillement gris dans un coin du vaste préau de la caserne et, à gauche, une autre tache grise séparée de la première par tout un corps de bâtiment.

— A gauche, nous dit-on, ce sont des Alsaciens faits prisonniers. A droite, ce sont d'authentiques Allemands. Comme vous le verrez tout à l'heure, nous les avons très spacieusement logés, après les avoir nettoyés à fond et avoir désinfecté leurs vêtements, dans la caserne de nos soldats momentanément disponible, et nous leur avons laissé, pour prendre l'air, tout ce coin de la cour. Ils ne sont gardés que par quelques sentinelles, et leur enclos, comme vous pouvez le remarquer, n'est constitué que par ces deux fils de fer lisses. Vous admettrez que nous ne sommes pas méchants.

Nous nous approchons. Les officiers qui nous conduisent nous font franchir l'enclos. Nous voici avec des Allemands de tous les côtés. Beaucoup sont très jeunes. Plusieurs sont des sous-officiers. A mesure que nous avançons, ils se figent dans un garde à vous correct et nous suivent du regard. La discipline militaire veut ça et ils l'exécutent ponctuellement.

Ainsi, en masse, ils avaient encore une certaine allure. La vérité m'oblige cependant à dire que je ne leur ai plus retrouvé le même aspect lorsqu'un peu plus tard, ce n'était plus nous qui défilions devant eux, mais bien eux qui, un à un, passaient devant nous pour rentrer dans la caserne. Ce n'étaient plus les mêmes physionomies et il semblait vraiment que nous eussions à faire à d'autres individus. Le regard n'avait plus du tout la netteté et la clarté de tout à l'heure. Un coup d'œil furtif et vague, l'être rasant le mur comme s'il était traqué, le crâne aux os saillants, la tunique de l'uniforme, aux deux pans lourdement bourrés de choses, n'ayant plus couleur avouable, la casquette plus délavée encore, c'étaient d'autres hommes. Et ma surprise s'accrut quand j'appris qu'il y avait là des représentants de toutes les classes de la société.

Il faut se garder, assurément, des jugements précipités. Le vêtement joue souvent un grand rôle dans l'opinion que nous avons d'autrui, et le militaire qui n'a plus ses armes perd évidemment de son prestige.

De plus, on ne saurait ne pas tenir compte du fait qu'il est difficile à un prisonnier qui se sait au pouvoir de l'ennemi, d'oublier ce que sa condition a de peu enviable et de réagir vigoureusement contre tout laisser aller. S'il le peut plus aisément quand il est en masse et dans le coude à coude, il est évidemment moins sûr d'y parvenir quand il se trouve seul devant qui l'examine.

Ceci dit, il y a lieu cependant de se demander si l'étrange et si absolu changement d'attitude que j'avais pu constater chez les prisonniers que nous visitions, ne provenait pas précisément de cette différence considérable que l'on a maintes fois notée entre la collectivité militaire allemande et le soldat allemand. Soudain, en effet, j'eus l'intuition que

j'avais eu peut-être devant les yeux l'exemple le plus
frappant qui pût être pour illustrer cette différence.
En groupe compact, ce soldat était quelque chose,
représentait quelque chose. Il contribuait à donner
une physionomie à l'ensemble.

Isolément, il perdait tout caractère.

J'en pourrais dire plus, expliquer jusqu'au bout
ce que j'ai dans la pensée, mais on est si vite accusé
de partialité, aujourd'hui, même quand on est stric-
tement équitable, que je juge bon de m'en tenir là.

Quittons donc nos prisonniers et préparons-nous
pour l'ascension des hauts sommets vosgiens, qui
doit nous conduire, cette fois-ci, en pleine Alsace.


## IV

## Le Hohneck

Gérardmer, Longemer, Retournemer, autant de
lacs, autant de bijoux qui jalonnent le chemin sur
lequel nos automobiles se sont lancées triompha-
lement à l'assaut des hauteurs qui conduisent au
col de la Schlucht. Encore quelques instants de
cette course aisée à travers les forêts de sapins qui
recouvrent si richement les vallées des Vosges et
nous poserons le pied sur ce sol alsacien que, depuis
une année, nul ne peut fouler qui n'a pas reçu des
grâces particulières.

Nos automobiles s'arrêtent cependant un peu
avant la Schlucht. Nous descendons de voiture, et,
laissant le col à notre gauche, nous nous dirigeons

vers le Hohneck, le fort sommet vosgien qui, de ses treize cent soixante-six mètres, domine les vallées de la Fecht dont il a tant été parlé dans les comptes rendus des opérations militaires.

Le Hohneck est boisé jusqu'à peu de distance de son point culminant. Dès que vous avez quitté la forêt, un vent froid vous saisit et augmente de violence pour souffler presque en tempête en haut. Mais il n'y a pas que le vent qui soit à redouter ici. Un des soldats qui nous accompagnent nous apprend que le lieu est particulièrement dangereux, qu'il est repéré par l'artillerie ennemie et que les obus y tombent fréquemment. Nous constatons, en effet, que les marmites ont creusé de grands trous dans l'herbe rase de l'alpage et nous heurtons du pied des éclats d'obus.

Notre arrivée fait sensation. On lit dans les yeux presque de l'effarement :

— Tiens, des civils ! s'écrie-t-on. Il y a six mois que nous n'en avons vu.

Et voilà comment des civils, même en ces temps où tout paraît tourner autour des armées, peuvent avoir, eux aussi, leur minute de célébrité.

Nous avons continué notre ascension, atteint la cime. Par des boyaux de communication et des tranchées, nous sommes descendus aussitôt un peu au-dessous du sommet. Là, c'est terre alsacienne. Depuis là, c'est presque toute l'Alsace que nous avons sous les yeux. Le spectacle est de toute beauté. Derrière nous, le temps s'est gâté et une lourde brume a envahi peu à peu la France. Mais, devant nous, tout est clarté. Nous distinguons parfaitement tout ce sol où tant de sang a été versé en ces derniers mois et notre imagination trace facile-

Une gare provisoire au Hohneck construite et décorée sous les obus.

ment la ligne qui sépare Français et Allemands parmi
ces sommités arrondies, ces crêtes et ces hauts
plateaux qui, par étages, nous conduisent jusqu'à
la plaine d'Alsace, au débouché de la Fecht, à Colmar.
Nous pouvons examiner à loisir le Barrenkopf, le
Schnepfenriethkopf, le Lingekopf et tant d'autres
lieux où se livrèrent et se livrent encore des batailles
acharnées.

Nulle part, pourtant, on ne voit bouger quoi
que ce soit. Rien, si ce ne sont les créneaux derrière
lesquels nous observons et la consigne qui est de
ne pas trop se montrer, ne nous rappelle la guerre.
Tout le pays semble se recueillir dans une paix
tranquille, la grande paix des montagnes. Comme
nous nous abandonnons dans notre contemplation,
l'officier de secteur qui nous servait de guide, ce
matin-là, nous dit :

— Il se pourrait bien qu'on nous envoie, avant
peu, une ou deux marmites.

L'officier estime évidemment qu'il n'est pas bon
que nous prolongions notre séjour en ces lieux.
Le brouillard et la pluie viennent d'ailleurs nous
les rendre peu propices.

Nous les quittons donc.

Nous n'avons adressé qu'un premier salut à
l'Alsace. Mais nous devions, le même jour, fouler
plus complètement son sol, descendre dans ces
vallées que nous venions d'apercevoir du Hohneck
et nous rapprocher beaucoup du terrain immédiat
des hostilités.

— Voulez-vous aller à Metzeral ? nous avait
demandé, en effet, l'un des officiers qui étaient avec
nous.

L'idée nous avait souri. Metzeral venait d'être

emporté de haute lutte par les Français. On avait
beaucoup parlé des incidents dramatiques de la
bataille et aussi de certains incidents macabres. On
avait raconté, entre autres, que le cimetière avait
été effroyablement bouleversé par le bombardement,
qui avait mêlé en une atroce confusion les morts
d'autrefois et les blessés et les morts du jour. Des
choses à vous remplir d'horreur...

On peut ne pas aimer le macabre ou les spec-
tacles affreux. Toutefois, il est des professions où
il importe de voir le plus possible, sinon de tout
voir. La nôtre étant de celles-là, tous nous accep-
tâmes.


# V

## Mittlach

Pour nous rendre dans la vallée au débouché
de laquelle se trouve Metzeral, il nous fallut, de
Gérardmer, grimper au col de la Grosse Pierre, puis
redescendre les lacets si brusques qui précèdent la
Bresse. De là, la vue s'étend splendidement sur une
verdoyante et profonde vallée que constellent de
petites constructions blanches aux toits rouge vif
et où sont semés des prés découpés comme des
puzzles et sertis de murs de pierres posées simplement les unes sur les autres. Arrivés à la Bresse,
nous nous remîmes à grimper et, notre ascension terminée, nous dûmes descendre encore un
abîme.

Le temps s'était dérangé. Par-ci par-là, nous

croisions des voitures qui ramenaient à l'arrière des évacués ou nous découvrions un parc d'automobiles de la Croix-Rouge, des voitures grises, celles-là, marquées de la grande croix sanglante sur fond blanc et à qui la brume et la pluie donnaient une physionomie particulièrement affligée.

Nous rencontrions aussi des paysans qui, sans se soucier du mauvais temps, travaillaient à améliorer les voies de communication.

Je ne saurais vous dire exactement le chemin que nous avons fait. En ces temps de guerre, les routes nouvelles poussent comme des champignons, les sentiers se transforment en de satisfaisantes chaussées, des pays inaccessibles deviennent d'un abord relativement facile. Tous collaborent à ces modifications, et l'on a vu des artilleurs s'acquitter de cette besogne avec non moins d'honneur que de vieux pionniers. Les spécialistes feront à cet égard de bien curieuses constatations après la guerre. Mais en attendant qu'ils aient écrit là-dessus d'intéressantes monographies, nous devons, faute de dénominations connues et pour d'autres motifs également, éviter d'être plus précis.

Qu'il vous suffise de savoir que nous avons entrepris la plus mémorable des descentes et que, finalement, nous sommes arrivés en bon état encore à Mittlach, agréable petit village alsacien que dominent, à gauche et à droite, des sommités peu élevées, dont les obus ont ravagé les forêts, la cote 830, l'Anlasswasen.

Rien de plus frappant que la façon dont l'artillerie arrange les bois des Vosges. Tout à coup, la crête aux somptueux sapins se trouve comme entaillée. Il y a une vaste solution de continuité. Là,

quelques troncs garnis de pauvres branches dépouil-
lées en grande partie de leurs aiguilles, font penser
aux ravages qu'auraient causés de monstrueuses
et préhistoriques chenilles.

Toute la forêt paraît comme humiliée de la blessure qu'elle a reçue.

A Mittlach, réception des plus aimables par les
militaires que nous y rencontrons. Ils nous font les
honneurs de la localité, à défaut du curé, qui, après
avoir promis à ses paroissiens qu'il ne les quitterait
ni dans la joie, ni dans la peine, ni dans le danger, a
senti, au dernier moment, son patriotisme l'emporter
de l'autre côté de la barricade et s'est enfui dans une
automobile allemande, avant l'arrivée des Français.

A défaut du curé également, son logis nous
accueille et nous pouvons nous y refaire des quelques émotions et des cahots du voyage.

Nous ne pensons guère nous arrêter à Mittlach
et déjà nos regards se portent avec impatience dans
la direction de Metzeral que nous devinons tout
proche, là, entre les deux môles qui ferment l'étroite
vallée, lorsqu'on vient nous dire qu'il faut renoncer
à notre projet, que, de jour, l'accès de Metzeral n'est
pas possible pour nous, ou du moins que ce serait
s'aventurer follement, car la route est prise en enfilade
par les mitrailleuses de l'ennemi.

Nous sommes obligés de nous incliner devant
une si forte raison, et la pluie s'étant mise à tomber
de plus belle, nous renonçons également à nous
rendre à cheval, comme un officier nous l'avait
proposé avec beaucoup de complaisance, en un
endroit d'où nous eussions pu voir Metzeral.

Nous ne sommes ni les premiers et nous ne

Une mitrailleuse pour avions dans le fond d'une tranchée des Vosges
et un vieux poilu.

serons pas les derniers à nous être trouvés très
près de la terre promise et à n'avoir pu y mettre
le pied.

Nous nous consolons par des considérations
de ce genre, mais plus encore en écoutant ceux qui
nous ont accueillis à Mittlach. Ils nous expliquent,
en effet, l'importance des combats qui se sont livrés
dans la contrée et celle de la conquête de Metzeral,
cette localité commandant les deux vallées supé-
rieures de la Fecht du sud et étant la porte d'entrée
de celle où se trouvent Munster et, tout au bout,
Colmar. Les Allemands se cramponnèrent tout particulièrement, paraît-il, au pays qui s'étend entre les
deux bras de cette Fecht. Ils l'avaient fort bien orga-
nisé dans le temps de paix, y avaient multiplié les
routes pittoresques, les voies d'accès. Ils avaient fait
du Schnepfenriethkopf un centre d'excursions très
méthodiquement arrangé et s'efforçaient par tous les
moyens d'y créer une concurrence sérieuse à la
Suisse, en y portant le flot des touristes.

Aussi, est-ce un gros crève-cœur pour eux d'a-
voir dû l'abandonner.

Il semble bien, en effet, qu'ils l'aient quitté sans
espoir de retour.

Sur tous les points où nous avons pu nous
rendre, il est manifeste que les Français tiennent et
tiendront bon. Ils ont toutes les troupes qu'il faut
pour cela et ils ont, en outre, la tranquille assurance et une patience certaine d'elle-même qui en
imposent.

## VI

# Sur le chemin de Thann

Rarement touristes auront fait en automobile autant de cols des Vosges que nous. Je doute du moins qu'on en ait jamais fait autant en aussi peu de jours. Le lendemain de notre visite à Mittlach, nos voitures escaladèrent deux ou trois cols encore, notamment celui du Mont d'Oderen et celui de Bussang. Ce furent de belles randonnées et, bien que ces passages soient signalés sur la carte routière de France comme étant dangereux ou même très dangereux, ils ne nous fournirent que l'occasion d'admirer l'extrême adresse et la grande sûreté de nos chauffeurs.

Pentes abruptes, obstacles, tournants, coudes aigus, grimpées folles, chaussée glissante, rien ne les prenait au dépourvu. Les voitures filaient avec une égale rapidité et c'était un spectacle curieux que de voir celles qui nous précédaient courir sus à la difficulté, la surmonter et partir à toute vitesse contre les flancs escarpés de la montagne.

Le long de la route, nous rencontrions des territoriaux qui s'abritaient ingénieusement sous des carrés de toile cirée et qui cassaient des cailloux avec toute la tranquille assurance de gens qui avaient le temps devant eux.

La pluie, ce jour-là, paraissait décidée, en effet, à tenir bonne compagnie aux hommes et le brouillard ne se faisait point faute de nous cacher, par-ci par-là, le panorama dont on jouit quand on descend sur Kruth et la vallée de la Thur, cette spacieuse contrée où s'abritent tant d'autres localités industrieuses d'Alsace, Felleringen, Wesserling, Saint-Amarin, Thann, le Vieux Thann et Cernay, où sont les Allemands.

Cependant, à notre entrée à Kruth, nous eûmes le bénéfice d'une éclaircie. Et le ciel paraissait l'avoir voulu faire uniquement pour mettre en pleine lumière un flirt aimable entre un solide et jeune gars, un alpin, et une robuste fillette d'Alsace qui s'entretenaient, sur la grand'route, sans souci des voisins. Le tableau était symbolique. Il nous le sembla d'autant plus que ce fut le premier qui frappa nos yeux, à notre arrivée dans la vallée. Du coup, un romancier en eût écrit tout un livre et eût inventé de fort belles choses sur les amours, au milieu de l'effroyable guerre, de ce soldat de France et de cette nouvelle citoyenne d'Alsace, sur cette communion des Alpes françaises et des Vosges reconquises.

Les romanciers n'en font jamais d'autres.

Pour moi qui ne cherche qu'à être aussi véridique que possible, je me bornerai à constater que les deux jeunes gens avaient l'air de s'apprécier autant qu'il convenait, qu'un joli sourire gai comme un rayon de soleil éclairait à tout instant la face de la petite Alsacienne, que, dans son contentement, elle permettait à ce sourire de montrer toutes ses dents qu'elle avait saines et blanches, et qu'avec son panier recouvert d'une serviette bien propre, son gros parapluie, son grand tablier qui laissait voir les chevilles et ses larges souliers de campagnarde, elle eût été pour un peintre un ferme et gracieux sujet.

Voici que vous oubliez une fois de plus, avec moi, que nous sommes en guerre.

De fait, tout le long de la vallée, nous eussions pu noter d'aussi pacifiques impressions. Ce ne fut qu'en pénétrant dans Thann que nous nous retrouvâmes au milieu de la destruction et des ruines, et en contact immédiat avec la mort.

Jusque là, tout semblait dans l'ordre. Les localités vivaient leur vie sans se soucier, en apparence, de la tempête toute proche. Pour autant qu'on peut s'en rendre compte en passant quelques heures seulement dans un lieu, les nouveaux occupants, la nouvelle administration et les anciens habitants s'accommodaient bien les uns des autres et si l'on constatait, ici ou là, encore quelque réserve, elle s'expliquait aisément par les circonstances et par la prudence que les campagnards et la province mettent à manifester leurs sentiments.

Les enfants, eux, sont plus ouverts et leur attitude est symptomatique, car elle est généralement le reflet de celle des parents à la maison.

Or, tous ceux que nous rencontrions s'arrêtaient spontanément pour nous accueillir par les cris de « Vive la France ! » ou par le chant de la *Marseillaise*. Ils s'empressaient de saluer militairement et ce geste avait d'autant plus gentille allure que plusieurs portaient une tunique avec un numéro de régiment ou un béret d'alpin, taillés, dans le drap de leurs vêtements usagés, par des soldats qui avaient remarqué leur misère et leur état déguenillé.

## VII

# La classe française à Saint-Amarin

On nous fit à St-Amarin les honneurs d'une classe française. Un adjoint de l'administrateur de la nouvelle circonscription Thann-Massongex-Saint-Amarin nous introduisit dans une salle de fillettes, et une sœur nous montra ce qu'en six mois, elle était parvenue à apprendre à des enfants qui, pour la plupart, ne savaient pas un mot de notre langue. Nous fûmes véritablement surpris et nous félicitâmes vivement la sœur des résultats qu'elle avait obtenus.

La classe était faite entièrement en français. Toutes les petites élèves paraissaient fort bien comprendre les questions posées. D'un seul élan, le plus souvent, toutes levaient la main pour y répondre et, si les réponses n'étaient généralement pas données sans beaucoup d'accent, elles étaient du moins fort correctes grammaticalement.

La sœur employait pour son enseignement une méthode asssez semblable à celle en usage dans les Berlitz School.

Contre la muraille, derrière le pupitre, on avait appliqué deux petits drapeaux français, qui rappelaient que le pays avait été regagné et que c'était bien sous le patronage de la République que la classe était faite aux enfants. Je ne sais si les fillettes avaient compris toute la portée des événements qui avaient amené de si grands changements dans leur école, mais il était manifeste qu'elles s'étaient parfaitement adaptées aux circonstances.

La jeunesse a de fortes ressources. D'autre part, les solides traditions qui avaient continué à façonner l'âme de ce pays, devaient faciliter beaucoup la tâche de ceux qui ont été chargés d'en refaire l'éducation. La chose certaine est que toutes ces enfants répondirent avec une belle décision aux diverses questions qui leur furent posées sur la patrie, sur la France, sur l'amour qu'il fallait avoir pour elle.

Ce patriotisme, exprimé en cet accent un peu rude et âpre qu'ont les Alsaciens de cette contrée, avait un parfum très particulier.

Il se manifesta encore dans divers chants par lesquels la sœur termina sa classe, notamment la *Marseillaise* et les *Montagnes des Pyrénées* :

> *Rien n'est si beau que ma Patrie*
> *Rien n'est si doux que mon amie.*

La conviction avec laquelle ces fillettes d'Alsace appuyaient sur ces deux vers était fort amusante.

Après cela, nous eûmes la classe des garçons faite par un sergent, professeur, en temps ordinaire, dans un grand lycée de Paris. Là aussi, nous fûmes fort surpris de la facilité avec laquelle les écoliers s'exprimaient en français et de la netteté de leurs réponses. Il convient de dire pourtant que ces écoliers étaient une sélection, qu'on avait choisi les meilleurs et les plus avancés dans le pays pour les pousser et en faire un bon ferment.

Comme nous avions quitté St-Amarin et que nous allions atteindre les premières maisons de

Ecoliers d'Alsace sous la conduite de leur instituteur-sergent.

Thann, nous rencontrâmes encore une bande d'élèves marchant deux à deux et ayant également à leur tête un instituteur-sergent à barbe blonde qui faisait de grandes enjambées. Nous apprîmes que c'était la classe de Thann qui, chaque jour, allait travailler en arrière de la ville à cause des obus et rentrait, la besogne terminée.

Un peu plus loin, nos automobiles ayant dû s'arrêter, l'école nous réjoignit. Le sergent, un sergent-fourrier, pour être plus précis, se précipita vers ma voiture avec des signes d'amitié :

— Salut, comment vas-tu ? Que fais-tu par là ?

Bref ! toutes les questions que l'on pose quand on se retrouve à l'autre bout de la terre.

C'était un ancien camarade d'Université, un Suisse qui, devenu Français longtemps avant la guerre, avait été l'un des premiers à s'engager, avait gagné ses galons dans de rudes affaires sur un des points les plus attaqués du front français, s'était distingué par son tranquille courage et son dévouement à ses frères d'armes, et avait fini par être préposé à l'instruction des petits Alsaciens.

La rencontre était précieuse. Il n'est rien de tel que d'aller au front pour en faire de pareilles.

VIII

# Thann

Nous avons pénétré aussi loin, ou à peu près, qu'on peut atteindre en terre alsacienne. Nous voici à Thann. Les premières lignes sont, il est vrai, entre Thann et Cernay, mais nous ne pousserons pas jusque là. Le temps nous manque et nous voulons voir Thann.

L'agréable ancien chef-lieu de canton français, redevenu chef-lieu de circonscription, a été assez éprouvé par de fréquents bombardements. On ne s'y battit pas. Mais, aujourd'hui, ce n'est nullement une nécessité qu'on se batte pour recevoir des obus. Thann en a eu sa part. Il est, à chaque instant encore, choisi pour but par l'artillerie ennemie.

Les Allemands tirent généralement à l'heure où ils pensent que le ravitaillement se fait. Ils visent de préférence la ligne de chemin de fer qui longe au sud la localité. Ils ne se privent pas cependant d'envoyer aussi des obus en pleine ville, sur la cathédrale, autour de la cathédrale et dans la rue principale. Récemment encore, ils ont tué plusieurs personnes.

Le vingt à vingt-cinq pour cent des maisons ont été touchées.

Il n'y paraît pas trop toutefois. Comme il arrive souvent que l'obus pénètre par le toit, l'explosion vide tout l'intérieur du bâtiment, mais laisse intacte la façade. La maison paraît continuer à vivre

Nos automobiles à Saint-Amarin.

son existence profondément paisible et essentielle-
ment aimable de bonne demeure provinciale. En réalité, elle est comme ces mortes qui semblent dormir
parce qu'elles n'ont pas eu le temps de souffrir.

Par contre, tout le quartier le long de la ligne
du chemin de fer est dans un piètre état. La plupart
des maisons y sont éventrées. De leurs murs, il n'en
reste parfois qu'un, auquel s'accrochent les cadres
des fenêtres d'un pan adjacent. Partout, ce ne sont
qu'amoncellements de briques et de gravats.

Nous nous arrêtons devant une de ces constructions dont tout l'intérieur, par la plaie béante de sa
façade, s'est répandu de façon bizarre dans la rue.

— C'était la maison mal famée de la localité,
nous dit un des officiers. Elle fut atteinte l'une des
premières.

La guerre a de ces hasards...

Très près de là cependant, c'est une fort honnête
habitation qu'un obus a jetée en partie dans un
verdoyant jardin potager.

Nous longeons la ligne du chemin de fer. Les
rails en sont rouillés et les murs qui retiennent les
terres en amont de la voie ont été troués par les
marmites.

Tout à coup, d'un vrai chaos de maisons bour-
geoises démolies, émergent à gauche, gracieuse et
finement ajourée, la flèche de grès rouge de la cathédrale et le toit de sa nef aux tuiles multicolores et
vernissées.

La cathédrale paraît intacte, mais, en nous appro-
chant d'elle, nous voyons que les obus l'ont cherchée,
elle aussi. Ses pierres n'ont pas grand mal cependant. Toutefois, ses orgues ont été gravement endom-
magées et il a fallu, par précaution, enlever ses

vitraux anciens, ses sculptures sur bois les plus précieuses, et les mettre en lieu sûr. De grandes toiles remplacent la verrerie absente. Le porche est protégé par un vaste revêtement de planches.

En bordure de la place, un grand bâtiment officiel se dresse. Il est assez touché. On y devait installer l'école. Mais le gouvernement propose et les obus disposent. Il fallut chercher un emplacement plus favorable.

Ce n'est pas que l'on paraisse, à Thann, s'occuper outre mesure de la mitraille.

Les habitants y vivent ni plus ni moins mal que dans d'autres localités bombardées. Beaucoup n'ont pas voulu quitter leur maison. Et j'ai vu une brave vieille tricoter paisiblement à la fenêtre de sa demeure branlante que des ruines encadraient à gauche et à droite.

L'obus peut venir, sans doute. Mais il n'est pas venu. Et, en attendant, comme on a été épargné jusqu'ici, on pense toujours qu'on le sera jusqu'au bout.

Dans une des rues les plus abîmées de Thann, une fillette de douze à treize ans balaie le ruisseau devant son logis. A côté d'elle, sa petite sœur joue et s'ébat. L'aînée s'approche hardiment de nous. Elle s'adresse au capitaine qui nous accompagne :

— Ça fa touchours, lui dit-elle avec familiarité.

Nous sourions.

L'enfant alsacienne se met à chanter la *Marseillaise*.

Cette *Marseillaise* et ces innocentes fillettes au milieu des ruines, telle est l'impression qui me restera de Thann.

La cathédrale de Thann émergeant des ruines des maisons voisines.

## IX

# Au Vieil Armand

Quand nous apprîmes que notre programme comportait la visite du redoutable Hartmannsweiler-kopf, le Vieil Armand devenu légendaire, nous entre-vîmes une aventure qui pouvait être fertile en émo-tions.

Là, en effet, nous devions entrer en contact aussi direct que possible avec la guerre. Sans recher-cher outre mesure le sensationnel, car un tel souci n'a rien de très particulièrement sain, il y a des choses qu'il est bon d'avoir vues, ne fût-ce que pour en témoigner.

Je ne veux pas dire par là qu'il faille que tout le monde grimpe au Vieil Armand. Cette ascension n'est pas exempte de risques et il est des risques que tous n'ont pas le droit de courir.

Le temps était fort mauvais. Mais c'était une raison de plus de nous mettre en route. N'est-ce pas dans les difficultés, dans l'orage que l'on juge le mieux les hommes, la solidité de leur caractère et de leur résolution, leur trempe ? Et n'était-ce pas une véritable chance de pouvoir surprendre, au milieu de la tempête, les hommes de l'Hartmannsweiler-kopf, les Français accrochés depuis tant de mois à la funèbre montagne ?

De St-Amarin, où nous étions retournés après avoir vu Thann, nos automobiles nous ramenèrent donc à Weiler qui est entre ces deux localités. Puis, elles remontèrent, par un chemin bordé de haies, le vallon où vient s'appuyer le pied du Molkenrain, lieu de combats lui aussi, la plus haute sommité de la région qu'un col relie au Vieil Armand.

Ensuite, nous nous dirigeâmes directement vers le Vieil Armand, en coupant par le flanc des contre-forts tout hérissés d'admirables sapins.

La terre était glissante, la pluie et le brouillard alternaient. Nous poursuivions notre route, isolés encore une fois de tout ce qui pouvait évoquer l'image de la guerre. Nulle canonnade, nulle fusillade, nul bruit que celui que nous faisions nous-mêmes. Point de craquement dans l'épaisse forêt. Aucune rumeur lointaine. Rien.

Subitement, nous nous trouvâmes au milieu d'une écurie de mulets, qui avait été installée en plein bois.

Le mulet joue un rôle très important dans les Vosges. C'est le grand agent de ravitaillement des points élevés et, à certaines heures, vous les voyez monter, l'un derrière l'autre, bien bâtés et leur charge exactement équilibrée, les longs chemins en zigzag. Des conducteurs et des convoyeurs les accompagnent, le fusil suspendu à l'épaule. Vous vous croiriez de nouveau en Suisse, dans le voisi-nage des forts ou des cols du Valais.

Le tableau est le même, son pittoresque est pareil, si ce n'est que les hommes ont dans le regard quelque chose qui dit qu'ils ont vu ce qu'on ne peut plus ou-blier et qu'ils ont enduré tout ce qu'on peut endurer.

Après avoir dépassé l'écurie de mulets, nous ne tardâmes pas à nous voir mêlés derechef aux événements de la guerre. Des soldats travaillaient sous la pluie dans les fourrés ; de temps en temps,

on entendait un coup de fusil ou un coup de canon ;
nous longions des abris pour la troupe, véritables
casernes construites en troncs de sapin et garanties
par de solides protections, contre les explosions et
les éclats d'obus.

Elles n'étaient composées que d'un long rez-de-
chaussée. Placées parallèlement les unes aux autres,
elles formaient comme un escalier gigantesque contre
la montée du terrain. Aux deux extrémités, une
porte en permettait l'accès et, à chacune des portes,
d'incontestables poilus, puisqu'il convient de les
appeler par leur nom, pareils à ceux que les dessi-
nateurs ont popularisés, nous regardaient passer
avec des yeux pleins d'étonnement.

Nous nous enquîmes de l'endroit où demeurait
le commandant de l'Hartmannsweilerkopf et nous
finîmes par le trouver au milieu d'un véritable dédale de petits sentiers.

Cet officier appelait son logement son gourbi.

Il nous y introduisit avec beaucoup de bonne
grâce.

— Vous le voyez, fit-il, j'ai deux lits. Il y a un lit
d'amis, si le cœur vous en dit.

Le gourbi ou la « casbah » de l'officier était une
formidable cabane, surmontée, elle aussi, de grosses
billes de sapin et de grosses pierres, et qui semblait
construite pour durer des siècles.

A gauche et à droite de l'entrée, des soldats
avaient arrangé avec goût un petit jardin, y avaient
planté de magnifiques fougères et en avaient défendu
l'accès par une balustrade agreste du plus aimable
effet.

— Vous voulez voir notre position ? Je vais vous
y conduire, nous dit l'officier.

Il se fit apporter son revolver et ses jumelles,
les mit en bandoulière et, à larges enjambées, posément, commença à monter les sentiers.

Cependant, à deux ou trois reprises, notre guide
s'arrête.

C'est pour nous faire remarquer telle ou telle
installation.

Voici un poste de secours où l'on pénètre par un
passage qui rappelle la galerie d'une mine. Il n'est
occupé actuellement que par un médecin-major et
son aide. Aucun blessé n'y a été transporté. Il est
éclairé par une unique et étroite fenêtre, pour qu'il
y ait moins de chances que les éclats d'obus y
pénètrent. Un assemblage de planches formant un
plan incliné court d'un bout à l'autre de l'abri. Dessus,
du varech a été répandu. C'est la couche commune
pour ceux que la mitraille va jeter par terre là-haut,
pour ceux qui veillent au sommet de l'Hartmannsweilerkopf.

Voici un autre poste de secours en préparation.
Pour le garantir contre les obus, on a creusé le sol
profondément, comme si l'on avait songé à poser,
là, les fondements d'une très haute maison.

Voici un lavoir où l'eau coule avec abondance
dans des bassins de sapin.

Nous passons également à côté d'un grand cimetière où les multiples croix de bois portent sur leur
barre transversale le nom de ceux qui reposent sous
la terre des Vosges, après avoir offert à la patrie le
suprême sacrifice. Devant le cimetière, et pris dans
sa clôture, un autel rustique attend le prêtre.

Nous nous découvrons devant les tombes et
nous continuons notre route.

Nous arrivons ainsi, tout en causant, devant l'entrée, solidement établie, entre d'énormes rochers, d'un long boyau que nous nous mettons à remonter. Dans le bois, autour de nous, des soldats abattent des arbres. L'un d'eux, juché sur le parapet du boyau, entasse de grosses pierres.

— Ici, nous ne sommes qu'à trois cents mètres des « Boches », nous dit notre guide. Mais ils ne peuvent pas voir cet homme.

Un peu plus loin, l'officier s'arrête encore :

— Voilà dans quel état, fit-il, la canonnade et les explosions ont mis la forêt. C'était une véritable forêt vierge avant la guerre. Vous voyez ce qu'il en reste.

Le boyau est à peine creusé à cet endroit et nous voyons fort bien, en effet, un terrain tout couvert de sapins coupés net à leur base, des troncs épars dans tous les sens, toutes les traces d'une catastrophe qui aurait pu être aussi bien un cyclone, une avalanche qu'une intense canonnade.

A ce moment, des coups de feu partent à une distance qui paraît assez faible.

Nous regardons notre guide. Il ne bronche pas. Les pieds posés fortement sur un rocher, il continue à nous donner, sur un ton enjoué et aimable, d'intéressantes explications sur les rafales d'obus et leurs effets. Nous l'examinons plus attentivement. La beauté de son allure nous frappe. Il nous avait presque paru un vieillard, tant ses cheveux coupés ras étaient blancs. Maintenant nous remarquons toute la fermeté de sa taille, la clarté et l'assurance de son regard, son teint superbement coloré par les intempéries et les vents violents, la franchise et la véritable noblesse de toute son attitude.

L'officier cependant a repris sa marche et nous le suivons dans le boyau qui devient plus profond.

Des coups de feu partent toujours. Ils sont de plus en plus distincts et semblent provenir de quelque stand étrangement installé dans cette sauvage montagne.

— Voici ma seconde ligne, explique notre guide.

Nous admirons l'importance des travaux exécutés, la profondeur et le nombre des tranchées, l'énergie qui a présidé à l'organisation de cette vaste forteresse.

Au même instant, une trouée s'étant faite dans le brouillard, nous voyons toute l'Alsace à nos pieds, et Mulhouse, et la ligne du Rhin, et la grande plaine. Plus loin, c'est la Forêt Noire. Là, au sud, le Jura.

Puis, le brouillard se referme. La brume devient plus épaisse. Elle est maintenant aussi noire que fumée de suif et la pluie se précipite sur nous avec fureur. L'eau coule dans le boyau, comme un torrent dans son lit, une eau boueuse, épaisse, remplie de petits cailloux.

— Vous constatez, nous dit notre guide, tout l'inconvénient qu'il y a à déboiser les sommets. On ne saurait vous en offrir une plus judicieuse démonstration. Mais entrons là, si vous le voulez bien, chez l'officier qui commande la première ligne dont nous ne sommes plus qu'à quelques pas.

## X

# En première ligne

L'abri du commandant de la première ligne est au bout d'un couloir étroit, court et complètement sombre. Nous nous bousculons un peu les uns les autres avant d'y arriver. Manque d'habitude. Une autre fois, nous nous en tirerons mieux.

Nous voici dans un réduit extrêmement resserré, à une profondeur dont nous ne nous rendons pas très bien compte, sous la terre et les rochers de l'Hartmannsweilerkopf. D'un coup d'œil, nous faisons l'inventaire du logis de l'officier : une lampe électrique, une très petite table, de très petits bancs, une couchette et, contre la muraille, une planchette servant d'étagère. Des recoins obscurs partout. L'impression d'être pris dans une trappe.

Les présentations ont lieu. Des mains sont serrées. La conversation s'engage. Le commandant de la première ligne nous explique fort modestement son rôle et ajoute, comme s'il se fût agi de la chose la plus naturelle, qu'il en a pour des semaines à rester à ce poste, à loger dans ce trou.

Nous avons vu des trous plus ou moins semblables en montant, des ouvertures rectangulaires à la base de la tranchée par lesquelles on apercevait, dans la demi-obscurité, des poilus qui écrivaient ou qui se livraient à quelque autre occupation. Nous devions en voir encore beaucoup d'autres en première ligne.

Tous occupés de même par des gars de France tout muscles et marqués en chacun de leurs traits par l'héroïque effort qu'ils ne cessent de soutenir jour après jour.

Un souci unique a dessiné sur le front de tous ces guerriers un réseau pareil de rides concentrées. Leurs épaules ont eu à supporter une charge surhumaine et gardent la trace de ce travail. Leurs regards parfois paraissent absents et semblent considérer un autre monde. Mais qu'ils sont beaux et touchants ces hommes dans leur façon simple et ferme de faire leur devoir, et d'attendre on ne sait quoi, la bombe qui va venir, la grosse marmite, la torpille, l'asphyxie, la mort instantanée, ou, qui pis est, l'horrible blessure, l'épouvantable mutilation ! Combien ils sont impressionnants dans leur glorieuse bonne volonté et leur évidente résolution, vus comme nous les voyons maintenant, sous la pluie torrentielle des Vosges, quand toute la montagne est courroucée, qu'elle crache l'eau par toutes les tranchées, qu'elle est plus noire de seconde en seconde !

On sent une telle émotion vous serrer à la gorge qu'on se laisse presque aller à pleurer d'admiration et aussi d'immense pitié pour tous ces braves gens à qui une guerre odieuse impose pareille existence.

Jamais je ne m'étais trouvé en contact aussi intime avec la réalité de cette guerre. Maintenant que je la touche du doigt, je voudrais que tout le monde pût en avoir la vision dont elle m'écrase soudain. Si toute la terre était admise à considérer le spectacle de l'Hartmannsweilerkopf actuel, battu par la tempête, elle pourrait ensuite se prononcer en connaissance de cause sur l'horreur des grands conflits humains.

PHOT. ED. BAUTY.

Le revêtement protecteur du porche de la cathédrale de Thann.

— Parlez bas, nous passe comme consigne un sous-officier. Nous sommes très près de l'ennemi.

Nous avons, en effet, quitté l'abri du commandant de secteur et nous nous sommes engagés dans tout un dédale de boyaux et de tranchées sur lesquelles débouchent par-ci par-là d'anciennes tranchées allemandes, creusées peu profondément.

Notre guide nous est plus nécessaire que jamais.

Nous le suivons en silence, nous demandant à quel épisode de guerre nous pourrions bien nous trouver mêlés malgré nous.

Soudain, un coup de feu retentit à côté de moi. Un poilu arrache prestement son fusil d'un créneau. C'est lui qui vient de tirer.

Nous sommes dans une forte tranchée, face aux Allemands, à quarante mètres d'eux.

Plus personne ne parle.

Une ou deux balles sifflent au-dessus de nos têtes.

— Regardez, murmure quelqu'un. On distingue leur tranchée.

Un à un, nous risquons un œil dans un trou pratiqué dans une serpillière qui dissimule un créneau. On aperçoit un parapet de pierres très bas.

Tac !

Un soubresaut en arrière.

C'est une balle qui a dû toucher bien près. On se rappelle le sort du général Maunoury et on ne risque plus rien.

Un soldat vêtu d'une peau de mouton passée comme une chasuble autour du cou et serrée à la taille, nous tend alors silencieusement un périscope.

## XI

# A six mètres des Allemands

Le périscope est un instrument qui inspire confiance. Il vous assure l'immunité et la vue, deux choses qui paraissaient inconciliables dans les tranchées.

Grâce à lui, nous pouvons examiner parfaitement tout l'ouvrage en fils de fer barbelés qui défend, bien près de nous, ma foi! l'approche des travaux de l'adversaire.

Mais nous nous sommes attardés, un sous-officier, en visite également, et moi, en arrière de notre groupe. Quand nous voulons le rejoindre, nous constatons non sans une pointe d'inquiétude que nous l'avons perdu de vue. Nous arrivons dans un élément de tranchée où il n'y a aucun soldat à qui demander notre route.

A gauche et à droite, s'ouvrent des boyaux de communication tous pareils. Nous hésitons. Nous ne savons si nous devons suivre l'un plutôt que l'autre. Nous craignons, dans notre ignorance, d'arriver en quelque point plus exposé qu'un autre, qui sait? de tomber chez les Allemands.

Se trouver ainsi au sommet de l'Hartmannsweilerkopf, dans l'enchevêtrement de ses tranchées, ignorant laquelle mène en des lieux plus sûrs, est beaucoup plus émouvant que vous ne vous l'imaginez sans doute. Et je dois avouer que si l'on peut se sentir tout à coup la bouche sèche, sans avoir

Un peu au-dessous du sommet du Vieil-Armand.
Ce qui reste d'une forêt presque impénétrable.

aucun besoin de boire, c'est bien dans des moments comme celui-ci.

Cependant, nous nous fions à notre flair. Nous nous décidons pour une des tranchées. Dans un de ses trous d'abri, nous distinguons avec soulagement des poilus.

— Sont-ils passés par là ? leur demandons-nous à voix très basse.

— Oui, répondent-ils sur le même ton.

Ils ajoutent dans un murmure :

— Suivez ce boyau.

Nous suivons le boyau, docilement, et nous rejoignons, en effet, nos gens qui faisaient un léger temps d'arrêt, dans une tranchée protégée par de grands treillis de fil de fer inclinés vers l'intérieur, des pare-bombes.

Nous devons être côte à côte avec les Allemands pour qu'on use en ce lieu d'un tel moyen de défense. Instinctivement, nous regardons en l'air, guettant la bombe qui va peut-être nous être lancée.

Nous reprenons tout doucement notre marche. Mais l'ennemi a dû entendre nos pas sur les cailloux, deviner quelque chose d'anormal, car, maintenant, les coups de feu sont de plus en plus nombreux et les balles passent dans l'air en claquant.

On dirait que, de la tranchée allemande, on nous suit de créneau en créneau.

— Certainement ils ont vent de notre présence, fait presque imperceptiblement l'un de nos officiers.

Il n'y a plus de doute, les Allemands se mettent en frais pour nous recevoir.

Mais ils ne paraissent pas vouloir nous lancer de bombes.

Ils savent, en effet, que lorsqu'ils jettent une

bombe ou une torpille, les Français leur en renvoient par représailles, quatre ou cinq. Ils jugent inutile, vraisemblablement, de commencer la partie.

Nous nous contentons, du reste, fort bien de leurs balles qui ne nous causent aucun mal et qui font à nos oreilles une musique presque agréable.

Cependant, nous avons progressé dans les boyaux. Les coups de feu sont plus rares et leur bruit plus faible.

Notre guide se tourne alors vers nous :

— Quand les balles claquaient comme des coups de fouet, nous dit-il avec une sérénité d'âme absolue, vous étiez à six mètres des « Boches »...

Nous avions bien eu l'impression, effectivement, que notre aimable et souriant conducteur nous avait fait faire une petite promenade assez sensationnelle.

— Vous avez tourné tout autour du sommet du Vieil Armand, ajoute-t-il. Nous avons parcouru à peu près cinq cents mètres de première ligne. Je ne vous en montre pas davantage. Ce que nous avons vu vous suffira.

Quelques balles sifflent encore au-dessus de nous et un canon de montagne donne de la voix à son tour.

Notre guide continue ses explications :

— Voyez, messieurs, le sommet du Vieil Armand que cachait la forêt superbe n'est plus qu'un terrain dépouillé d'arbres. Ces quelques troncs brisés, ces derniers vestiges du massacre, sont appelés à disparaître, eux aussi. Ce que la rafale des obus a partiellement épargné, la hache et la scie l'achèvent. Tout ce sol a été profondément remué par les explosions. Vous connaissez les épisodes de la lutte qui nous en a rendus maîtres.

L'officier grimpe sur un talus et nous montre un col tout proche à l'est :

— Après avoir battu en retraite une première fois, l'attaque finale s'est faite par là. Les Allemands occupaient ces tranchées-ci.

La pluie a cessé de tomber, la brume s'est dissipée et nous voyons tous les détails du terrain.

Le silence s'est fait soudain. La montagne a retrouvé son calme immense et l'on a peine à s'imaginer les scènes d'horreur, les épisodes de guerre infernaux qui se sont déroulés, là, ici, partout autour de nous, il y a si peu de temps.

## XII

## L'œuvre d'un officier

— Vous remarquerez, Messieurs, continue notre officier, que l'on ne sent plus aucune odeur à l'Hartmannsweilerkopf. Mais tout ce sol sur lequel vous êtes est rempli de cadavres. Nous en avons enterré là plus de sept cents. Nous les avons recouverts d'une quantité énorme de désinfectants. Et sur la terre qui les cache, nous avons semé de l'avoine et du blé, pour activer le retour à la poussière de tous ces corps.

Comme nous sommes saisis soudain par tout le macabre de la contrée et que nous regardons avec persistance le sol, dans l'idée que nous pourrions retrouver des vestiges de cet épouvantable ensevelissement :

— Ne grattez pas cette terre, ajoute notre guide, si vous ne voulez pas voir apparaître quelque bras, une tête ou une jambe. Et tenez, que vous disais-je ! Voici une capote de « boche ».

L'officier, de la pointe de son bâton ferré, a happé quelque chose de grisâtre au niveau de nos têtes, sur le bord d'une tranchée. Il tire et c'est, comme il l'avait dit, tout un pan d'une capote de fantassin allemand qui apparaît.

Je remarque, à mon tour, une matière suspecte dans la coupe de la tranchée, une sorte de poussière blanchâtre mêlée à de la poussière très noire. Je demande :

— Qu'est-ce que cela ? N'est-ce pas un os en décomposition ?

L'officier sourit, puis, toujours, de son même ton enjoué :

— Je vous ai conseillé, Monsieur, de n'y pas regarder de trop près.

Un peu plus loin, formant le parapet même de la tranchée, nous trouvons un amas de pierres soigneusement placées les unes sur les autres et surmontées d'une petite croix de bois. De sa canne, notre conducteur frappe le monticule :

— Il y a un Allemand là-dessous.

Il se tourne vers l'autre bord de la tranchée, sur laquelle il y a une petite croix toute pareille.

— Et il y en a un autre là.

Notre guide poursuit :

— Oui, nous avons eu de rude besogne. Mais, aujourd'hui, tout est assaini. Vous avez remarqué la propreté absolue des tranchées. Tenez, voici dans le sol du parapet, des W-C. Ils sont parfaitement hygiéniques et, partout ici, vous en trouverez d'iden-

tiques. Aucune infraction aux règles de la salubrité
n'est tolérée.

— Et comment êtes-vous arrivé à un aussi
brillant résultat.

— Précisément, en exigeant beaucoup.

Une fois de plus, nous regardons l'officier. Toute
sa personne respire, en effet, la plus mâle des
énergies. D'un coup d'œil, nous embrassons tout ce
que nous avons vu à l'Hartmannsweilerkopf, tout
le travail opiniâtre, poursuivi malgré les intempéries
et la mitraille, toute la formidable besogne qui en
a fait une forteresse splendidement organisée et nous
admirons ce que peut produire une ferme volonté
alliée au sourire et à la bonne humeur.

— Si nous avions eu le temps, je vous aurais
montré encore notre installation de douches. Nous
avons la douche froide et la douche chaude. Tout
homme y passe obligatoirement une fois par semaine,
et plus souvent qui le désire. Nous pouvons doucher
à l'eau chaude soixante hommes par heure.

La pluie s'est remise à tomber de plus belle.

Nous pataugeons maintenant dans une boue
épaisse et cherchons tant bien que mal un sol un
peu résistant.

Mais voici que viennent des soldats.

Ce sont des hommes de corvée qui, à travers
les interminables boyaux et sous le déluge, appor-
tent le boire et le manger aux camarades de première ligne. Ils arrivent de fort loin. Or, eux aussi,
risquent, à chaque instant, d'être mis en pièces par
un obus ou une torpille. Les braves gens et qu'ils
sont beaux, ceux-ci également, dans leurs capotes
bleu horizon qu'une année de guerre et d'héroïsme
a patinées!

Pourtant, ce sont eux qui se serrent contre le
parapet pour nous laisser passer, nous les civils !....

Comme le récipient que porte l'un d'eux penche
de façon inquiétante, parce que le poilu veut faire
place à son supérieur :

— Ne t'occupe pas de nous, lui dit l'officier. Tu
vas renverser ta marmite, mon ami.


## XIII

## Quelques effets...

Un peu plus loin, nous quittons les boyaux et
les tranchées de l'Hartmannsweilerkopf. Nous nous
retrouvons dans la grande forêt où les obus ont fait,
par-ci par-là, des trouées, ont abattu les branches
des hauts sapins, en ont décapité plusieurs, mais ne
sont pas parvenus à diminuer sa splendeur. Il faut
les assauts, la dure bataille, la formidable préparation
d'artillerie pour que la forêt disparaisse tout entière
avec les combattants. Et ceci n'a lieu que sur des
espaces relativement restreints.

Ce n'est toutefois pas de la faute des hommes si
les dégâts ne sont pas plus considérables. Leurs
engins sont absolument terrifiants. Notre guide nous
en fournit de nouvelles preuves, tout en nous mettant
en garde contre la chute possible de la partie supé-
rieure d'un sapin coupé net en son milieu par une
marmite et qu'un grand coup de vent secoue brusquement au-dessus de nos têtes :

— L'invention de guerre dont il a été le plus
parlé en ces derniers temps, la torpille, a des effets

effroyables. Une torpille contient jusqu'à vingt-cinq kilogrammes de cheddite. On peut la tirer à une distance de cinq cents mètres et elle agit dans un rayon de plusieurs centaines de mètres également. Son souffle est quelque chose de si puissant que, l'autre jour, comme je faisais une tournée, un soldat qui m'accompagnait a été littéralement lancé sur moi par l'explosion lointaine d'une torpille. Mais voici qui est plus fort, tout en étant amusant. Récemment, en réponse au jet d'une torpille, nous en avons envoyé une autre dans les tranchées « boches ». Or, l'explosion a été telle qu'elle a réexpédié dans nos tranchées toute la correspondance d'un fantassin allemand, son papier à lettres, son carnet de notes... et sa chaussure. Ce fut une véritable aubaine pour un poilu qui manquait précisément de souliers. Il se précipita sur ceux qui lui tombaient ainsi des nuages et les enfila sans vergogne.

J'avais eu l'occasion, quelques jours auparavant, d'entendre également un sergent permissionnaire — un beau gars encore, celui-là, un blond cendré, au regard clair et droit, à la bouche finement dessinée — parler de ces terribles torpilles et de leurs effets saisissants. Il venait aussi de l'Hartmannsweilerkopf et s'il faisait, comme tous, l'impression que rien ne pourrait diminuer la ferme volonté que l'on avait de supporter jusqu'à la victoire tout ce qu'il faudrait endurer, il ne cachait point l'horreur du nouvel engin. A l'entendre même, on pouvait se demander comment des hommes arrivaient à se protéger contre tant d'épouvantables moyens de destruction et comment tant réchappaient, malgré tout, d'un tel enfer.

Si les torpilles semblent avoir réalisé le maximum de l'abomination, les bombes n'en méritent pas moins, elles aussi, leur redoutable renom.

Un capitaine nous racontait à leur sujet l'anecdote suivante :

— Comme un colonel se promenait dans une tranchée de première ligne avec le tranquille courage dont il avait déjà donné maintes preuves, une grosse bombe survint. Dans un fracas affreux, elle abat quatre arbres. Aucun de ses hommes n'avait été touché. Mais tous avaient eté fortement ébranlés et restaient hébétés.

« Le colonel s'adresse à l'un d'eux, posément, pour l'aider à se ressaisir :

— De quel pays es-tu ? lui demande-t-il.

« L'autre ne répond pas. Il est agité d'un tremblement nerveux.

« Son supérieur lui dit alors :

— Mais qu'as-tu donc à trembler de la sorte ? Est-ce à cause de ce pétard ou parce que tu te trouves devant ton colonel ? Si c'est à cause de ton colonel, c'est bien ! ».

Obus, bombes, torpilles, balles innombrables, l'Hartmannsweilerkopf connaît tout cela et bien d'autres misères encore.

Je vous ai dit tout ce que nous y avons vu et tel que nous l'avons vu, pour que vous puissiez vous rendre compte de l'héroïsme de ceux qui, depuis tant de mois, tiennent ce sommet. Mais ce que vous ne saurez jamais assez, c'est combien cet héroïsme est simple et sans ostentation, c'est combien il s'accommode des circonstances.

Au moment où nous prenions congé de l'officier qui nous avait accompagnés dans notre visite, nous

nous trouvions, en effet, devant la demeure d'un autre officier. L'entrée en était ornée, à gauche et à droite, de plates-bandes plantées de magnifiques bégonias d'un rouge éclatant.

Pouvait-on trouver une meilleure preuve de la sérénité française que cette façon de cultiver les plus belles fleurs, au milieu des explosions de l'Hartmannsweilerkopf ?

## XIV

## Deux Généraux

Ce n'est plus un mystère que le général de Maud'huy est commandant de l'armée des Vosges. L'*Illustration*, l'autre jour, en publiant son portrait, lui a donné cette qualité. Je puis donc vous dire aussi, avant de vous parler de la dernière étape de notre voyage qui devait nous conduire à Dannemarie et, plus près encore d'Altkirch, à Ballersdorff, que nous lui avons été présentés et qu'il nous a fait un vrai accueil de général français. J'entends par là que sa réception fut un mélange de simplicité sans familiarité, de politesse aisée, de finesse courtoise, de belle et bonne humeur.... et que ce fut très vite fait.

La photographie qu'a publiée de lui l'*Illustration* est l'exactitude même. Elle rend bien la physionomie de son profil aigu d'homme malin et — mon général, pardonnez-moi l'expression — d'homme fouinard. Elle fait bien deviner la mobilité de ses yeux rieurs, mais, en même temps, vifs et perçants. On peut y

retrouver également l'enjouée et utile roublardise de
cet officier supérieur dont la réputation est solidement
établie.

Ce qu'il est plus difficile d'y voir, par contre,
c'est tout ce qu'il y a de bonté chez lui et d'ingé-
niosité exquise dans cette bonté.

Pour n'en citer qu'un trait, voici la dernière
anecdote qu'on raconte. Il y avait remise, par le
général de Maud'huy, de décorations, de médailles
militaires. Ou quelque autre cérémonie. Je ne sais
plus au juste. Quoi qu'il en soit, cette cérémonie avait
amené devant le front des troupes, cinq ou six braves
petits soldats que le général se mit à interroger pater-
nellement.

— Et toi, d'où es-tu? demanda-t-il à l'un d'eux.

— Je suis de X..., mon général.

— Mais c'est à quelques kilomètres d'ici. Il y a
longtemps, sans doute, que tu n'as pas vu les tiens?

— Pas depuis la guerre, mon général.

— Eh bien! prends mon automobile et va vite
les embrasser.

Le général de Maud'huy nous reçut debout dans
le local où il se trouvait. Il se fit présenter chacun de
nous. Puis, il nous demanda la permission de continuer à fumer une pipe à long tuyau de caoutchouc
recourbé qui ne paraît guère quitter sa bouche et qui
complète à merveille sa physionomie.

Comme tant d'autres officiers supérieurs français, de Maud'huy est plutôt de petite taille.

Ce détail en passant, pour que vous le voyiez
mieux.

Les présentations faites, le général nous adressa
une courte allocution dont j'ai retenu ceci:

Visite des boyaux du Vieil-Armand par le gros temps.
Notre guide.

— Vous verrez, Messieurs, je l'espère, des choses qui vous intéresseront. Vous pourrez constater le bel état d'âme de nos troupes, leur solidité et leur volonté de vaincre. Quant à vous, je souhaite que vous n'ayez pas « l'accident ». Mais, enfin, Messieurs, cela peut arriver et vous êtes prévenus...

Sur ces mots, et avec un petit rire silencieux, le général nous tendit la main et prit congé de nous.

Nous eûmes également l'occasion de voir le général qui commande le secteur le plus rapproché de la frontière suisse. Je sais son nom, mais ne puis le dire. Il nous parla, lui aussi, avec une ferme confiance des troupes qu'il avait sous ses ordres et du résultat final de la patiente tâche qui leur avait été assignée.

Ces deux officiers ne sont nullement des exceptions. Nous avons rencontré au cours de notre excursion pas mal de colonels, de capitaines, de lieutenants. Nous avons causé avec eux et ils nous ont répondu avec cette franchise bien française qui a sans doute de la complaisance pour tout ce qui est français, mais qui s'abandonne aussi à la critique, même en présence d'étrangers. Or, prenez les uns, prenez les autres, tous faisaient l'impression, comme les deux généraux, d'avoir l'assurance la plus complète que leur conviction ne pouvait pas être déçue, qu'il n'y avait aucune crainte à avoir au sujet de la France et que l'heure viendrait forcément où toutes les espérances seraient réalisées.

Et tous les soldats pensent comme leurs officiers.

Et toute la nation, en réalité, pense comme ses soldats.

## XV

# L'autre Alsace

Nous avons parcouru l'Alsace montagneuse, l'Alsace qui descend en vallées profondes et en vallons nombreux vers l'immense plaine, l'Alsace aux forêts épaisses, aux sapins puissants, aux localités industrieuses et sans physionomie très marquée, blotties dans les creux et les dépressions, le long des cours d'eau où la truite abonde. Une Alsace moins sévère reste à voir, celle qui s'ouvre devant Belfort et qui étale au grand soleil, sur un terrain relativement plat, ses villages coquets, son air de prospérité, son goût tranquille de l'existence et ses maisons en torchis dont la structure apparente de bois bruni, noirci par le temps, est une des grâces aimables.

La France a reconquis également, comme vous le savez, une partie de cette Alsace-là, celle qui s'appuie sur l'Ajoie en Suisse et qui remonte dans la direction de Mulhouse, jusque dans le voisinage d'Altkirch.

Nous décidons de lui consacrer une demi-journée et nous voici partis à toute vitesse pour Belfort, en suivant le pied du Ballon d'Alsace.

Nous croisons en route des troupes diverses, notamment des turcos au repos, habillés de l'uniforme kaki qui les fait paraître des soldats tout neufs, en tranchant sur tous les draps militaires que nous avions vus et auxquels douze mois de campagne avaient donné cette couleur admirable que j'ai déjà signalée. D'autres turcos dans les champs en sont encore à l'apprentissage de leur terrible métier et pourfendent, de formidables coups de baïonnette, la panse de gros sacs bourrés de paille qui sont suspendus aux branches des pommiers.

Le temps est passable. Mais le vent souffle avec force. Dans l'air, rien, pas le moindre avion, pas le plus petit taube. Après avoir franchi des ouvrages rigoureusement dérobés à la curiosité des voyageurs du rapide Belfort-Paris qui circule toujours toutes persiennes closes, nous entrons dans la célèbre cité dont la gloire palpite, à l'égal de celle de Paris, dans toute l'histoire contemporaine.

Mais, de même que pour les grands personnages, c'est leur âme avant tout qu'il faut étudier et c'est dans leur âme que l'on retrouve leur grandeur, Belfort demande à être lu plutôt qu'à être vu et notre visite de la ville nous laisserait l'impression de la localité la plus banale, la plus province, si ce n'est que ses militaires, mêlés à une population civile chaque jour plus nombreuse, lui assurent un rien de physionomie particulière.

Après avoir jeté un coup d'œil sur les travaux de Vauban qui furent considérables et qui, quoique intacts, ne sont plus rien actuellement, et sur l'église construite aussi par le génie militaire, car, autrefois, le génie faisait et les remparts pour se défendre ou pour tuer et les églises pour prier, nous nous hâtons de prendre le chemin de l'Alsace.

Nos automobiles courent dans la vaste plaine où a germé toute une moisson étrange, cette moisson de défenses spéciales qui ont fait de Belfort un camp retranché puissant et dont il a tant été parlé.

Je ne puis toutefois vous les décrire, car ce sont secrets de guerre.

Nous traversons vivement de beaux villages occupés par la troupe, Bessoncourt, Foussemagne, Chavannes-sur-l'Etang.

Cette fois-ci, l'ancienne frontière est franchie.

Puis, à quelques kilomètres, nous stoppons devant le viaduc de Dannemarie aux innombrables arcades qui coupe la plaine presque à perte de vue et que les Allemands ont rendu inutilisable en le bombardant de quatre-vingts obus de 42.

Les Français avaient été les premiers à faire sauter le pont lorsqu'ils battirent en retraite. La fortune leur ayant souri de nouveau, ils comblèrent la brèche faite, en se servant de béton armé.

— Si vous reconstruisez le viaduc, leur dit-on, les Allemands le démoliront.

Ça ne manqua pas.

A peine l'ouvrage terminé, le bombardement commença.

Une escadrille d'aéroplanes survolait le but et dirigeait exactement le tir. Le piles tombaient d'un seul coup, à chaque explosion, comme si elles eussent été couchées par un ouragan inouï. Cependant, chose frappante, la partie en béton armé résista.

Ce fut, nous affirme-t-on, un fort beau spectacle.

Nos automobiles ont repris leur course. A Dannemarie, nous nous arrêtons quelques instants. Des officiers que nous rencontrons voudraient nous emmener dans leurs premières lignes qui se trouvent près d'Altkirch. Mais notre temps est limité et nous ne pouvons accepter que d'aller à Ballersdorff, à cinq kilomètres d'Altkirch.

Un paysan alsacien et son village, Ballersdorff.

D'ailleurs, il semble que rien ne se passe dans la région. On n'entend pas un coup de canon. Tout est calme. La petite ville de Dannemarie, qui a été éprouvée à peine par quelques obus, aligne, plus ou moins régulièrement, ses demeures agréables sur les bords de sa grand'rue et de ses ruelles, et paraît attendre, sans aucune anxiété, la suite des événements.

Elle a connu cependant des jours plus agités. Elle a vu les Allemands passer en grand désordre, après leur défaite de Montreux-Vieux.

— La route était jonchée, nous dit un officier, des effets d'équipement qu'ils jetaient pour aller plus vite. A ce moment, si nous avions eu de la cavalerie, nous nous serions emparés de toute la division.

Tout en causant, nous sommes remontés dans nos automobiles. Nous roulons vers Ballersdorff. Nous nous rapprochons à grande vitesse des Allemands. Mais toujours rien de la guerre. Toujours le même grand silence des champs.

— Pourtant, me dit l'officier qui nous a offert de nous guider, nous sommes ici, sur cette route, en un point exactement repéré. S'il n'y avait pas cette brume sur les collines, les Allemands n'auraient pas manqué de nous envoyer quelques marmites.

Il faut croire qu'effectivement la brume nous protège ou qu'il y a quelque chose d'autre qui empêche les hommes de s'entre-tuer ce jour-là, car nous atteignons Ballersdorff sans que rien, absolument rien d'anormal ne se soit produit. Et dans cette délicieuse petite localité, offrant un type parfait des villages alsaciens, la paix règne comme dans les champs que nous avons traversés. Les maisonnettes toutes blanches dans leur corselet de bois brun foncé sont intactes, les gens à leur ouvrage, la route n'a pas de trous d'obus.

Cependant, au pilier public, un avis grave rappelle que l'ennemi est tout proche. C'est un garde à vous des autorités militaires aux habitants qui, dans la nuit, feraient des signaux lumineux pour renseigner les troupes allemandes.

L'officier qui nous guide et qui paraît connaître à fond le pays est sceptique sur l'existence de tels signaux.

— On a pris souvent, nous dit-il, pour des signaux faits dans le village même, les fusées lumineuses dont l'ennemi se sert pour éclairer le terrain devant ses tranchées. J'en ai eu plusieurs fois la preuve. Il n'y a rien de plus difficile, en effet, à repérer qu'un feu fugitif dans la nuit.

Nous continuons notre promenade dans le tout charmant village, examinant chaque chose, causant avec les habitants que nous trouvons accueillants. Et nous cherchons toujours d'autres traces du conflit qui secoue si douloureusement l'Europe et qui devrait être tout particulièrement sensible, ici, à quelques kilomètres des premières lignes. C'est en vain. Nous ne découvrons rien d'autre que cet avertissement des autorités militaires.

Pour le dernier jour de notre voyage, il est dit que nous n'emporterons que des impressions aimables, que des souvenirs d'idylle. La guerre gronde probablement plus loin, plus au nord. Elle fait rage certainement à l'orient. Elle a des répercussions économiques énormes. Elle accumule les désastres financiers sur les désastres financiers. Mais, de façon immédiatement tangible, elle n'affecte souvent qu'une bande si étroite de territoire qu'à quelques kilo-

mètres de la ligne de combat, rien ne vous rappelle la lutte sauvage, ou bien si peu de chose.

Il n'en est sans doute pas toujours ainsi. Mais,
une fois de plus, en quittant Ballersdorff, la dernière
localité que nous devions voir de l'Alsace reconquise,
je reste sur cette impression de sécurité et d'attente
confiante.

La nation qui a su la donner, dans de telles
circonstances, est incontestablement une nation forte
et qui doit être en possession de ses destinées.

# TABLE DES MATIÈRES

GENÈVE

IMPRIMERIE DE LA « TRIBUNE DE GENÈVE »

—

1915

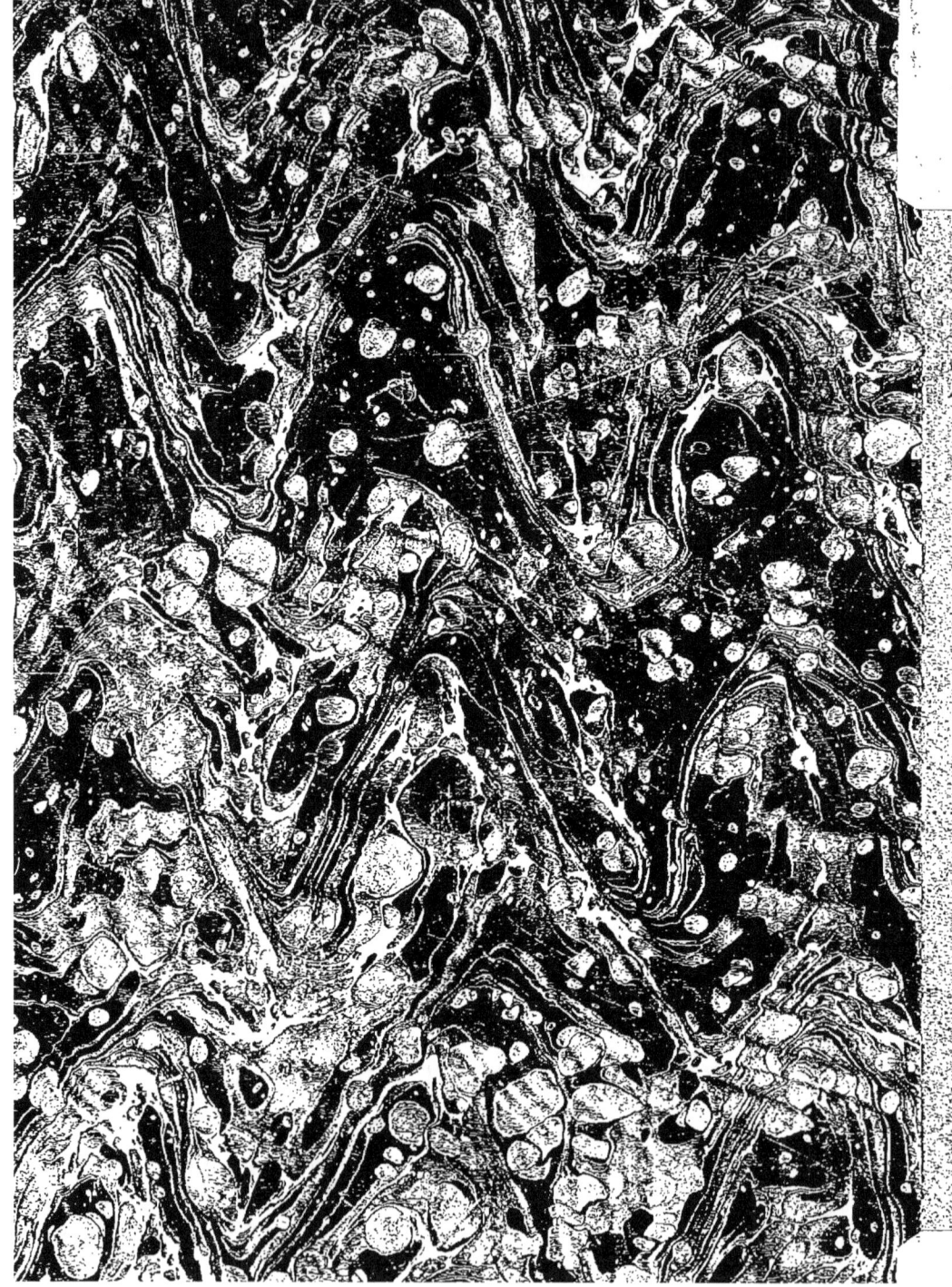

www.ingramcontent.com/pod-product-compliance
Lightning Source LLC
Chambersburg PA
CBHW060431260626
47161CB00005B/1877